MAEVE BINCHY

NA TÓGÁLAITHE

Aistritheoir: Lorraine Ní Dhonnchú
Comhairleoir Teanga: Pól Ó Cainín

Rugadh Maeve Binchy i mBaile Átha Cliath i
1940. Tar éis seal a chaitheamh i mbun
múinteoireachta, bhí sí ina hiriseoir don *Irish
Times* le blianta fada. Chuaigh sí i mbun ficsean a
scríobh agus í sna daichidí luatha, agus scríobh sí
ceithre úrscéal déag a bhí ina leabhair mhóréilimh
i mbreis is tríocha teanga. Oiriúnaíodh a cuid
scéalta don stáitse, don teilifís agus don
phictiúrlann. Cónaíonn sí i nDeilginis lena fear
céile, an scríbhneoir Gordon Snell.

NEW ISLAND *Open Door*

Na Tógálaithe
D'fhoilsigh New Island é den chéad uair in 2007
2 Bruach an tSrutháin
Bóthar Dhún Droma
Baile Átha Cliath 14
www.newisland.ie

Cóipcheart © 2007 Maeve Binchy
Aistrithe ag Lorraine Ní Dhonnchú

Tá taifead chatalóg an CIP don leabhar seo ar fáil ó Leabharlann na
Breataine.

ISBN 978-1-905494-65-1

Is le maoiniú ón gComhairle um Oideachas Gaeltachta agus Gaelscolaíochta
a cuireadh leagain Ghaeilge de leabhair Open Door ar fáil

An Chomhairle um Oideachas
Gaeltachta & Gaelscolaíochta

Tugann an Chomhairle Ealíon (Baile Átha Cliath, Éire) cúnamh airgeadais
do New Island.

Arna chlóchur ag New Island

A Léitheoir dhil,

Ábhar mórtais dom mar Eagarthóir Sraithe
agus mar dhuine d'údair Open Door,
réamhrá a scríobh d'Eagráin Ghaeilge na
sraithe.

Cúis áthais í d'údair nuair a aistrítear
a saothair go teanga eile, ach is onóir ar
leith é nuair a aistrítear saothair go
Gaeilge. Tá súil againn go mbainfidh
lucht léitheoireachta nua an-taitneamh as
na leabhair seo, saothair na n-údar is mó
rachmas in Éirinn.

Tá súil againn freisin go mbeidh
tairbhe le baint as leabhair Open Door
dóibh siúd atá i mbun teagaisc ár
dteanga dhúchais.

Pé cúis atá agat leis na leabhair seo a
léamh, bain taitneamh astu.

Le gach beannacht,

Patricia Scanlan.

Patricia Scanlan

Caibidil a hAon

Chuala Nan faoi na tógálaithe ón Uasal O'Brien. Bhí an tUasal O'Brien i gcónaí buartha faoi rudaí, bhí sé ina chónaí ag Uimhir Fiche a hOcht Bóthar na gCastán. Bhí Nan ina cónaí ag Uimhir a Ceathair Déag.

'Beidh sé go huafásach, a Bhean Ryan,' dúirt sé léi. 'Beidh salachar agus torann agus gach saghas uafáis ann.'

Dúirt Nan léi féin go bhfaca an tUasal O'Brien locht ar gach rud. Ní éireodh sí trína chéile. Agus ar go leor bealaí, ba dheas an smaoineamh é go mbeadh an teach béal dorais ina bhaile arís. Bhí sé folamh le dhá bhliain ó d'imigh muintir White.

Smaoinigh sí ar cé a thiocfadh le cónaí ann. B'fhéidir go dtiocfadh teaghlach. Seans go dtabharfadh sí aire dá bpáistí. D'inseodh sí sceálta do na paistí agus shuífeadh sí ag tabhairt aire dóibh sa teach go dtiocfadh na tuismitheoirí abhaile.

Rinne a hiníon Jo gáire faoin smaoineamh go mbeadh teaghlach ina gcónaí i dteach a bhí chomh beag sin.

'A Mham, níl spás ann le dhá chat chun rince a dhéanamh ann,' arsa sí ina bealach an-chinnte. Nuair a labhair Jo, labhair sí le dánacht iontach. Bhí a fhios *aicise* cad a bhí ceart.

'Níl a fhios agam.' Bhí sé de dhánacht ag Nan easaontú léi. 'Tá gairdín deas slán aige ag an gcúl.'

'Tá, tá sé 2 mhéadar ar a fhad agus

2 mhéadar ar leithead,' arsa Jo agus í ag gáire.

Níor dhúirt Nan dada. Níor dhúirt sí gur thóg sí triúr clainne i dteach díreach den mhéid céanna.

Bhí gach rud ar eolas ag Jo. Conas gnó a rith. Conas gléasadh go faiseanta. Conas a teach galánta a rith. Conas a fear céile dathúil Jerry a choinneáil ó imeacht uaithi.

Caithfidh go raibh an ceart ag Jo faoin teach béal dorais. Bhí sé róbheag do theaghlach.

B'fhéidir go dtiocfadh bean dheas dá haois féin. B'fhéidir go mbeadh an bhean ina cara léi. Nó b'fhéidir go dtiocfadh lánúin óg a chuaigh araon amach ag obair. B'fhéidir go dtógfadh Nan bearta isteach dóibh nó go ligfeadh sí isteach fear chun an méadar a léamh.

Ba é Bobby mac Nana, agus dúirt seisean gur cheart di bheith ag iarraidh

ar Dhia nach dtiocfadh lánúin óg.
Bheadh cóisirí acu gach oíche,
chuirfeadh siad as a meabhair í. Dúirt
Bobby go n-éireodh sí bodhar. Bheadh
sí chomh bodhar le slis. Dá gcaithfeadh
lánúineacha óga go leor airgid ag cóiriú
an tí bheidís uafásach. Ní bheadh aon
airgead acu. Bheadh spraoi éigin ag
teastáil uathu. Dhéanfaidís a mbeor
féin agus d'iarrfaidís ar chairde
glóracha é a ól in éineacht leo.

Agus ba í Pat, an duine ab óige, an
duine ba ghruama.

'Beidh Mam bodhar faoin am a
dtagann siad. Beidh sí bodhar ón
torann ar fad ón tógáil. Is é an rud is
tábhachtaí bheith cinnte go gcoinníonn
siad claí an gháirdín ar an airde
chéanna agus go mbeidh cruth maith
air. Is ionann claíocha maithe agus
comharsana maithe a deir siad.'

D'oibrigh Pat do chomhlacht
slándála agus bhí tuairim daingean aici

4

faoi na cúrsaí sin. Bhí Jo agus Bobby agus Pat chomh cinnte díobh féin. Ní raibh a fhios ag Nan cén chaoi ar éirigh siad chomh dána. Ní bhfuair siad uaithi é. Bhí sise cúthail riamh. Bhí sí faiteach fiú.

Ní dheachaigh sí amach ag obair toisc gur mhian le gach duine nach rachadh. Ba mhian leo go bhfanfadh sí sa bhaile. Bhí a fear céile ciúin freisin. Bhí sé ciúin grámhar. An-ghrámhar. Bhí sé grámhar do Nan ar feadh tamaill agus ansin thug sé grá do go leor ban eile.

Tráthnóna fadó ó shin, ar a cúigiú lá breithe is tríocha, ní raibh Nan in ann é a sheasamh a thuilleadh. Shuigh sí sa chistin agus d'fhan sí gur tháinig sé abhaile. Bhí sé a ceathair a chlog ar maidin.

'Caithfidh tú rogha a dhéanamh,' a dúirt sí leis.

Níor thug sé freagra di fiú, chuaigh

5

sé suas staighre agus phacáil sé dhá
mhála taistil. D'athraigh sí na glais ar
na doirse. Ní raibh gá aici é sin a
dhéanamh. Ní fhaca sí arís é go deo.
D'imigh sé gan aon rud a rá. Chuala
Nan ó dhlíodóir gur chuir sé a hainm
féin ar an teach. Ba é sin an méid a
fuair sí agus níor iarr sí ar aon rud eile
toisc go raibh a fhios aici nárbh fhiú é.

Bean phraiticiúil a bhí inti. Bhí teach
beag sraithe aici ach ní raibh aon
ioncam aici. Bhí triúr páistí aici, bhí an
duine ba shine trí bliana déag agus bhí
an duine ab óige deich mbliana.
Chuaigh sí amach agus fuair sí post go
tapa.

D'oibrigh sí in ollmhargadh agus
thóg sí uaireanta breise mar ghlantóir
oifige freisin chun na páistí a chur tríd
an scoil agus ar a mbealach chun a
mbeatha féin a shaothrú. Bhí Nan ag
obair ar feadh beagnach fiche bliain
nuair a dúirt na dochtúirí go raibh croí

lag aici agus go mbeadh uirthi a scíth a ligean i bhfad níos mó.

Cheap sí go raibh sé aisteach gur dhúirt siad go raibh a croí lag. Cheap sí go gcaithfidh go raibh croí an-láidir aici chun cur as a cuimhne, gur imigh a fear céile uaithi, an fear ar thug sí grá dó. Níor thug sí grá d'aon duine eile arís.

Ní raibh an t-am aici chun béilí maithe a chur os comhair na bpáistí nuair a bhí sí ag obair go crua. Gan trácht ar íoc as ranganna breise agus éadaí níos fearr. Ní raibh aon saoire clainne acu thar na blianta. Uaireanta chuaigh Jo, Bobby agus Pat ar an traein chun a n-athair a fheiceáil. Níor dhúirt siad mórán riamh faoi na cuairteanna. Agus níor chuir Nan aon cheisteanna orthu riamh.

Go minic thóg Jo seaicéid nó geansaithe léi faoi choinne Nan nuair a bhí sí réidh leo. Nó bronntanais Nollag

nach raibh ag teastáil uaithi. Thóg
Bobby a chuid éadaí le ní gach
seachtain toisc gur chónaigh sé le Kay,
cailín feimineach a dúirt gur cheart
d'fhir aire a thabhairt dá gcuid éadaí
féin. Thóg Bobby cáca nó paicéad
brioscaí leis go minic. D'íth sé iad sin
in éineacht lena mháthair agus í ag
iarnáil a chuid léinte dó. Tháinig Pat go
minic chun glais dorais agus
fuinneoige a dheisiú, nó chun an
t-aláram buirgléireachta a shocrú.
Tháinig sí go príomha chun rabhadh a
thabhairt dá máthair faoin olc ar fad a
bhí sa domhan.

Ní raibh mórán cúiseanna gearáin
ag Nan. Níor inis sí dá páistí riamh go
raibh sí uaigneach ó d'éirigh sí as obair.
Ba chosúil go raibh páistí Nan chomh
gruama faoin obair a bheadh ag dul ar
aghaidh ar an teach béal dorais nár
theastaigh uaithi insint dóibh go raibh

sí ag tnúth leis. Bhí sí ag fanacht leis na tógálaithe agus d'fhéach sí amach gach lá.

Caibidil a Dó

Tháinig ná tógálaithe maidin ghrianmhar. D'fhéach Nan orthu ó taobh thiar dá cuirtín. Tháinig triúr fear san iomlán i veain dhearg. Bhí 'Derek Doyle' scríofa i litreacha móra bána ar an veain.

Lig an bheirt fhear ab óige iad féin isteach in Uimhir a Dó Dhéag le heochair. Chuala Nan iad ag glaoch 'A Dherek! Is é an drochscéal é go dtógfaidh sé seachtain fáil réidh leis an mbruscar uile atá anseo. Is é an deascéal é go bhfuil áit ann le citil a phlugáil isteach agus nár múchadh an leictreachas.'

Tháinig fear mór aoibhiúil amach as an veain dhearg.

'Bhuel, beidh saol breá againn anseo ar feadh cúpla mí ar a laghad. Nach bóthar álainn é seo?'

D'fhéach sé timpeall ar na tithe agus bhí bród ar Nan. Cheap sí riamh gurbh áit dheas é Bóthar na gCastán. Ba mhian le Nan go mbeadh a páistí ansin chun an fear seo a fheiceáil agus é ag féachaint le haoibhneas ar an mbóthar ar fad. Agus tógálaí a bhí ann, fear a raibh eolas aige ar bhóithre agus ar thithe.

Ba ghnáth le Jo a rá go raibh an bóthar suarach. Dúirt Bobby go raibh sé seanfhaiseanta. Dúirt Pat gur mheall an áit buirgléirí toisc go raibh ballaí gairdín fada ísle aici agus go mbeidís ábalta éalú. Ach thaitin an bóthar leis an bhfear sin nach bhfaca riamh é.

Chuaigh Nan i bhfolach agus d'fhéach sí air.

Níor mhian léi dul amach agus a bheith ag cur isteach orthu ar a gcéad lá ag obair.

Chonaic sí an tUasal O'Brien ó Uimhir Fiche a hOcht ag teacht síos chun iad a scrúdú.

'Bhí sé in am rud éigin a dhéanamh,' arsa sé agus é ag féachaint isteach agus é ar bís go dtabharfaidís cuireadh isteach dó.

Sheas Derek Doyle go daingean leis.

'Is fearr dom gan tú a ligean isteach, a dhuine uasail. Ní mian liom go dtitfeadh aon rud anuas ort.'

Dúirt páistí Nan léi gan baint a bheith aici leis na tógálaithe. Dúirt Jo nach mbeadh na húinéirí nua buíoch di as am na dtógálaithe a chur amú. Dúirt Bobby gur dhúirt a cailín Kay go mbeidís i gcónaí ag iarraidh ar mhná tae a dhéanamh dóibh. Dúirt Pat go mbeadh teach in aice le láithreán tógála ina mharc maith do bhuirgléirí agus go mbeadh ar Nan bheith ag faire amach agus gan bheith ag labhairt leis na fir béal dorais.

Ach ba é an fáth ar choinnigh Nan amach uathu ná níor mhian léi go gceapfaidís go raibh sí dána. Bheidís ag obair in aice léi ar feadh na seachtainí. Níor mhian léi go gceapfaidís go raibh sí fiosrach. Shocraigh sí go bhfanfadh sí cúpla lá agus ansin go gcuirfeadh sí í féin in aithne dóibh. B'fhéidir go gcoinneodh sí cuntas ar conas a bhí an obair ag dul chun cinn. B'fhéidir go dtaitneodh sé leis na húinéirí nua mar thaifead ar chóiriú a dtí nua.

Bhog Nan amach ón bhfuinneog tosaigh agus siar chuig a cistin. D'iarnáil sí léinte Bobby ar fad. Ní raibh a fhios aici an raibh a fhios ag

Kay gur thóg Bobby a mhála níocháin
chuig a mháthair gach seachtain. Ach
bhí an chuma ar an scéal go raibh siad
an-sásta lena chéile, mar sin cén fáth a
raibh sise ag déanamh buartha?

D'fhág Jo rudaí airgid léi ar maidin
agus bhí Nan ag iarraidh iad a
ghlanadh. Bhí sí ag úsáid scuab fiacla
chun dul isteach sna háiteanna deacra,
mar hanlaí agus mar chosa crúiscíní
beaga. Rinne sí machnamh ar cén fáth
ar oibrigh Jo chomh crua ag iarraidh
dul i bhfeidhm ar dhaoine. Ach ar
ndóigh, d'éirigh léi, nár éirigh? Bhí
Jerry fós léi, agus b'fhear mór ban é.

Rinne Nan casaról mór agus chuir sí
cuid de i soitheach don reoiteoir.
D'oibrigh Pat chomh crua sin sa
chomhlacht slándála. Bhíodh an méid
sin imní uirthi, gurbh annamh a raibh
am aici do shiopadóireacht, mar sin ní
dhéanfadh sí mórán cócarála. Thaitin
sé le Nan a bheith ábalta dinnéar a

thabhairt di corruair. Ba mhian le Nan go dtógfadh Pat am saor, go ngléasfadh sí suas, go rachadh sí amach agus casadh ar dhaoine, agus go bhfaigheadh sí fear.

Ach cad a bhí ar eolas ag Nan faoi fhir a fháil agus á gcoimeád? D'imigh a fear féin gan focal a rá i lár na hoíche fiche bliain ó shin.

Níor thug Nan a tuairim ar go leor ábhar. D'fhan sí chomh ciúin sin nach raibh daoine ag súil a thuilleadh go mbeadh dearcadh aici.

Bhuail duine éigin cnag ard ar an doras agus nuair a d'oscail Nan é bhí an tógálaí ina sheasamh os a comhair.

'A Uasail Doyle,' arsa Nan, agus bhí aoibh an gháire uirthi. 'Tá fáilte romhat go Bóthar na gCastán.'

Bhí áthas air go raibh a ainm ar eolas aici agus go raibh an chuma ar Nan go raibh sí chomh cairdiúil sin, agus bhí súil aige nach raibh sé ag cur isteach uirthi. Ach bhí fadhb aige. Ba iad na treoracha a fuair sé ná gach rud in Uimhir a Dó Dhéag a chaitheamh amach, ach ag an am céanna bhí seans ann go raibh luach maoithneach ag baint le go leor de. D'fhiafraigh sé di an raibh aithne aici ar aon ghaol nó ar aon chairde de na daoine a bhí ina gcónaí ann uair amháin. Ba thrua é na rudaí sin a chaitheamh amach.

'Mise Nan Ryan, tar isteach' arsa sí. Shuigh siad sa chistin agus d'inis sí dó faoi mhuintir White. Lánúin an-chiúin ar fad a bhí iontu nár labhair le haon duine go minic. Bhí post ag an Uasal White áit éigin agus bhí air an teach a fhágáil ar a sé ar maidin le dul ann. D'fhillfeadh sé thart ar a trí a chlog agus bheadh mála siopadóireachta aige. Níor fhág a bhean an teach riamh. Níor chuir siad na héadaí nite amach le triomú. Chroith siad a gceann ar dhaoine nuair a labhair daoine leo agus rinne siad a ngnó dóibh féin.

'Ach nár cheap gach duine san áit seo go raibh siad aisteach?'

Cheap Nan gurbh fhear cineálta é Derek Doyle. Bhí suim aige i muintir White, ina saol aisteach agus ina bpáipéir phríobháideacha a bhí fós sa teach. Ba dheas an rud é casadh ar dhuine nár thug amach ná nach ndearna gearán.

An tUasal O'Brien ó Uimhir Fiche a hOcht, dhéanfadh sé fuadar agus déarfadh an seanduine sin go raibh muintir White leithleach agus gur fhág siad an méid sin fadhbanna ina ndiaidh.

Bhainfeadh a hiníon Jo searradh as a guaillí agus déarfadh sí nár dhaoine tábhachtacha iad muintir White. Déarfadh Bobby go dtabharfadh a chailín Kay 'íobartach ghairmiúil' ar Bhean White.

Déarfadh Pat go raibh eagla ar mhuintir White roimh bhuirgléirí agus gur chaith siad a saol mar sin ar nós go leor daoine eile.

'Níor cheap mise go raibh siad aisteach. Cheap mé go raibh an chuma orthu go raibh siad sona sásta lena chéile,' arsa Nan Ryan. Cheap sí gur fhéach Derek Doyle uirthi le mórmheas.

Ach ní raibh ansin ach seafóid. Bean beagnach seasca bliain d'aois a bhí inti. Fear óg ina dhaichidí a bhí ann...

Dúirt Nan léi féin gan bheith seafóideach.

Caibidil a Trí

Tháinig Derek Doyle isteach gach lá
ina dhiaidh sin. D'fhan sé go dtí go
raibh na fir eile imithe abhaile, sular
bhuail sé cnag éadrom ar an doras.

Ar dtús bhí an leithscéal aige go
raibh sé ag tabhairt seanpháipéar ó
theach mhuintir White chuici. Ansin
tháinig sé díreach ar nós seancharad.
Thug siad Nan agus Derek ar a chéile,
agus go deimhin bhí Nan ag déanamh
cairdis leis go tapa.

Níor labhair siad mórán faoina dteaghlaigh agus ní raibh a fhios aici an raibh bean agus páistí aige. Níor inis Nan mórán dó faoina mac agus a hiníonacha. Agus níor dhúirt sí aon rud faoin bhfear céile a d'imigh uaithi.

Seans go bhfaca sé Jo, Bobby, nó Pat nuair a tháinig siad ar cuairt. Ach b'fhéidir nach bhfaca.

Cé gur fear mór a bhí ann, bhí sé anséimh. D'iompair sé málaí plaisteacha a bhain leis an Uasal White agus leis an mBean White amhail is gur sheoda iad. Léigh sé féin agus Nan na páipéir ar fad le chéile. Bhí liostaí agus oidis agus leideanna úsáideacha ann. Bhí bróisiúir taistil ann agus bileoga míochaine agus leabhráin treoracha ar conas earraí seanfhaiseanta as dáta a úsáid.

Chas siad timpeall iad agus iad ag súil go bhfaighidís tuiscint éigin ar an saol a chríochnaigh ar bhealach chomh haisteach sin dhá bhliain ó shin.

'Níl aon rud ann faoina n-uacht ar chor ar bith,' arsa Derek.

'Níl, ná níl aon rud faoin rud a rinne sé gach lá ag obair,' a d'fhreagair Nan.

'Ach dá mbeadh dialann acu. Cheapfá go scríobhfadh bean a bhí ina haonar í sin,' arsa sé.

Dhearg Nan beagáinín. Shocraigh sí dialann a choinneáil ar an obair thógála, ach go dtí seo ní raibh inti ach Derek agus a chuairteanna deasa. Scríobh sí faoin gcaoi ar thóg sé císte i mbosca stáin leis agus ba ghnáth leis slisne a ghearradh dóibh ar theacht isteach dó le haghaidh tae gach tráthnóna.

Luaigh sí go ndeachaigh sí ar an mbus chuig an siopa iasc agus go bhfuair sí bradán úr chun ceapaire a dhéanamh dó.

Scríobh sí faoin gcaoi ar thug sé brí do gach lá.

'B'fhéidir go raibh eagla uirthi go bhfaigheadh duine éigin í.'

'Seans mar sin gur cheil sí go maith í', arsa sé agus bhí aoibh gáire air.

Fuair na tógálaithe an dialann cúpla lá ina dhiaidh sin. Bhí sí taobh thiar de bhríce scaoilte sa chistin. D'iompair Derek isteach í amhail is gur trófaí a bhí inti.

'Cad é atá scríofa inti?' ba bheag nach raibh Nan ag crith.

Chuir sé síos cúig chóipleabhar a bhí lán le peannaireacht bheag chúng.

'Ar cheap tú go n-osclóinn í gan tusa?' a d'fhiafraigh sé di.

Ghlan sí spás ar an mbord. D'fhéadfadh na scónaí fanacht. Seans anois go bhfaighidís amach rud éigin faoi shaol aisteach rúnmhar mhuintir White, a bhí ina gcónaí ar an taobh eile den bhalla bríce ar feadh cúig bliana is fiche.

Léigh siad le chéile faoi na laethanta fada a chaith Bean White i mBóthar na gCastán. D'fhan sí i bhfolach toisc go raibh faitíos uirthi dul amach ar eagla go bhfaigheadh duine éigin í. De lá is d'oíche bhí imní uirthi go bhfaigheadh a fear céile cruálach í agus go ndéanfadh sé dochar di mar a rinne sé chomh minic i rith a bpósta.

Arís is arís eile mhol sí cineáltas agus maitheas Johnny, caithfidh gurbh é sin an tUasal White. Scríobh sí faoin gcaoi ar thug sé suas gach rud chun í a shábháil ón bhforéigean ar fad.

Scríobh sí gur cheap a teaghlach go raibh sí marbh toisc nár chuir sí aon scéal chucu ón oíche a d'éalaigh sí le Johnny.

'Smaoinigh ar an imní, agus ar an eagla sin ar fad a bhí béal dorais!' Bhí súile Nan lán le trua.

D'ith siad na scónaí, agus nuair a bhí siad ag casadh na leathanach rinne sí pónairí ar thósta dóibh agus d'ól siad gloine fíona.

Níor imigh Derek Doyle go dtí beagnach a haon déag a chlog. Níor chuir sé glaoch ar aon duine agus níor chuir aon duine glaoch air ar a fhón póca.

Ní raibh an chuma air gur duine é a raibh bean aige, a smaoinigh Nan léi féin. Bhí a fhios aici go raibh an smaoineamh seafóideach ach bhí áthas uirthi.

★

Bhí dhá leabhar den dialann ann fós le léamh acu.

Go leor uaireanta i rith an lae nuair a bhí sí ag éisteacht le fuaim na ndruilirí agus na gcasúr, mhothaigh sí an cathú dul ar ais chuig an mbord chun iad a léamh. Ach ar bhealach mhothaigh sí nár chóir di sin a dhéanamh gan Derek. Chuaigh sí amach agus cheannaigh sí gríscíní uaineola le haghaidh a suipéir. Mhothaigh siad araon go mbeadh rud éigin brónach imníoch sna caibidlí deireanacha.

Chuir Jo glaoch uirthi.

'B'fhéidir go mbuailfidh mé isteach ort anocht, a Mháthair. Tá cruinniú ag Jerry. Beidh orm tiomáint ann agus é a phiocadh suas agus mar sin d'fhéadfainn an t-am a chur isteach leatsa.'

Chuir Nan púic uirthi féin. Ba rud fuar é a dúirt a hiníon léi.

'Beidh mé amuigh tráthnóna,' arsa sí.

'Ó, dáiríre, a Mháthair, anocht thar aon oíche eile.' Bhí Jo mífhoighneach, ach ní fhéadfadh sí aon rud a dhéanamh.

Chuir Bobby glaoch uirthi chun insint di go bhfágfadh sé a chuid níocháin isteach. Agus an mbeadh sí in ann é a fháil réidh dó? Go luath amárach, b'fhéidir? Arís mhothaigh Nan racht feirge. Mhínigh sí nach bhféadfadh sí é a dhéanamh.

'Cad a dhéanfaidh mé?' a chaoin sé.

'Smaoineoidh tú ar rud éigin,' arsa Nan.

Chuir Pat glaoch uirthi.

'Ní féidir, a Phat,' arsa Nan.

'Cad sa domhan atá tú ag rá? Níor *dhúirt* mé aon rud fós.' Bhí fearg pháistiúil uirthi léi.

'Cibé rud a mholann tú ní féidir liom é a dhéanamh,' arsa Nan.

'Bhuel, nach bhfuil sé sin go haoibhinn. Bhí mé chun teacht chun d'aláram dóiteáin a sheiceáil ach ní bhacfaidh mé leis an turas.'

'Ná bí mar sin, a Phat. Táim ag dul amach, sin an méid.'

'A Mham, ní *théann* tú áit ar bith,' a dhearbhaigh Pat.

Ní raibh a fhios ag Nan an raibh sé sin fíor. An raibh sí cosúil le Bean White bhocht... ar ndóigh, níorbh í Bhean White an bhean sin ar chor ar bith. Bhí ainm difriúil ar fad uirthi, ach

chuaigh Johnny White maith cineálta
amach ag obair i stóras – post arbh
fhuath leis é – díreach chun í a
choinneáil slán ó dhochar.

D'imigh na huaireanta thart go han-
mhall go dtí go raibh sé in am féachaint
ar an scéal arís le Derek. Chuir Nan
uirthi an gúna is fearr a bhí aici. Bhí
bóna lása air.

'Tá cuma an-deas ort,' arsa Derek.

Thug sé rósanna di agus dhearg sí
agus chuir sí i vása iad. Ansin lean siad
ar aghaidh ag léamh.

Nuair a léigh siad go raibh Johnny
ag brath róthinn le dul ag obair ach go
raibh sé ag diúltú dochtúir a fheiceáil,
d'éirigh Nan buartha.

'Ní maith liom an chuma atá air,'
arsa sí.

'Ní maith liomsa ach an oiread,' a
d'fhreagair Derek.

Léigh siad go dtí go bhfuair siad

amach go raibh ailse ar Johnny. Bhí a
fhios acu nach bhféadfadh Bean White
cónaí ina haonar gan é. Agus deora ina
cuid súl, léigh Nan faoi na pleananna
don turas chuig na lochanna, agus iad
ag cur a sonraí airgeadais agus uacht
chuig dlíodóir.

Ba mhian leo go ndíolfaí a dteach
ag Uimhir a Dó Dhéag, Bóthar na
gCastán agus go dtabharfaí an
t-airgead do charthanacht a thug aire
do mhná céile batráilte.

Thóg sé roinnt ama an teach a dhíol
tar éis dóibh imeacht. Glacadh leis gur
bádh iad sna lochanna. Bogann an dlí
go mall agus ba é sin an fáth a raibh an
teach folamh chomh fada sin.

Shuigh Nan agus Derek mar a
chuaigh an solas i léig. Smaoinigh siad
faoin lánúin agus faoina saol aisteach
brónach.

'Caithfidh go raibh an-ghrá acu dá
chéile,' arsa Nan.

'Níor thug mé grá mar sin riamh,' arsa Derek.

'Níor thug mise ach oiread,' arsa Nan.

Caibidil a Ceathair

Níor inis Nan dá páistí faoi dhialann Bhean White. Bhí eagla uirthi nach mbeadh suim acu inti, go ndéarfaidís gur seandaoine leadránacha, craiceáilte iad muintir White.

Níor inis sí dóibh faoi chuairteanna Derek ach an oiread. Bhí daoine óga chomh cruálach sin. Dhéanfaidís gáire fúithi agus déarfaidís go raibh sí seafóideach agus í ag gléasadh suas agus í ag glanadh rudaí ionas go bhféadfadh sí tae a thabhairt don tógálaí béal dorais.

Ach níor léigh siad smaointe mná a chaith saol uaigneach scanraithe go dtí gur shábháil a Johnny í.

D'fhan an bhean i bhfolach ar fhaitíos go bhfaigheadh fear í. Chuaigh an bhean amach sna lochanna chun bás a fháil lena Johnny in áit a bheith ina haonar gan é.

Ní thuigfeadh Jo, Bobby, ná Pat riamh an suaimhneas a thug sé di suí agus labhairt le Derek ag deireadh an lae, ná an chaoi ar gheal sé a saol.

Go dtí anois, ní raibh fonn ar Nan dul áit ar bith, casadh ar dhuine ar bith, ná triail a bhaint as aon rud nua. Sa bhliain ó d'éirigh sí as obair, d'éirigh sí as an gcleachtadh ar dhul amach. D'fhan sí in Uimhir a Ceathair Déag agus í ag fanacht ansin ar eagla go dtiocfadh na páistí isteach.

Ar ndóigh ba mhinic nach dtiocfaidís ar cuairt ach níor mhiste léi riamh. Bhí a fhios acu go mbeadh sí ansin i gcónaí, agus mar sin, áit mhaith a bhí ann dóibh chun 'an t-am a chur isteach', mar a dúirt Jo an oíche cheana.

B'fhuath le Nan an frása sin. Cén fáth a mbeifeá ag iarraidh an t-am a chur isteach? Ba cheart duit é a chaitheamh, taitneamh a bhaint as, é a bhlaiseadh.

Chuaigh sí chuig an dánlann ionas go bhféadfadh sí insint do Dherek faoin taispeántas. Chuaigh sí chuig matinée san amharclann. Thóg sí turas bus ar fud na cathrach.

Cheannaigh sí trí t-léine le dath geal agus chaith sí iad ceann i ndiaidh a chéile faoina cairdeagan dubh.

'Breathnaíonn tú go deas,' arsa Derek nuair a chonaic sé na dathanna líomóid, liathchorcra nó róis.

'Tá tú cosúil le duine atá ag ligean uirthi go bhfuil sí níos óige, a

Mháthair,' arsa Jo nuair a chonaic sí iad. 'Nach gceapann tú agus tú ag an aois atá tú…?'

Ghoill na focail seo ar Nan agus tháinig fearg uirthi.

'Agus mé ag an aois atáim ba mhaith liom go leor rudaí a dhéanamh, éadaí cearta a cheannach i siopa deas in áit trí t-léine a cheannach ar phraghas dhá cheann,' arsa sí go borb.

Bhí ionadh ar Jo. Níor labhair a máthair mar sin riamh.

'Tá tú ceart go leor mar atá tú, a Mháthair, ní thaitníonn athrú leat.' Rinne Jo iarracht í a chiúnú.

'Ní dóigh liom go n-oireann na dathanna sin duit, a Mham,' arsa Bobby, agus é ag tabhairt a mhála níocháin di.

'Tá a fhios agat cá bhfuil an meaisín níocháin, a Bhobby. Cuir do chuid éadaí salacha ann le do thoil agus cuir an púdar isteach.' Bhí Nan briosc.

'Bhí Kay ag rá go bhfuil post uait, a Mham…rud éigin chun tú a choinneáil gnóthach,' arsa Bobby.

'Bhí post agam ar feadh fiche bliain agus chothaigh mé agus thug mé éadaí agus oideachas duit,' arsa Nan go feargach.

Chuir Pat glaoch uirthi an mhaidin dár gcionn.

'Tá an bheirt eile ag rá liom go bhfuil tú ag éirí an-fheargach, a Mham', arsa sí.

'Cén fath?' a d'fhiafraigh Nan di.

"Níl a fhios agam i ndáiríre,' ní raibh aon fhreagra ag Pat.

'B'fhéidir go bhfuil cúis cheart agam,' arsa Nan.

'Tuigim an rud atá siad a rá, *tá* tú ag éirí feargach,' arsa Pat.

★

Dúirt Derek go raibh bialann Shíneach nua ag deireadh Bhóthar na gCastán.

B'fhéidir gur cheart dóibh triail a
bhaint as.

Cheap Nan go raibh an bhialann go
hiontach. Labhair siad faoi mhuintir
White agus an raibh aon teaghlach ag
Johnny agus an raibh a fhios acu cad a
rinne sé. Rinne siad iarracht ainm Bhean
White a thomhas. Cheap Nan gurbh í
Victoria an t-ainm a bhí uirthi. Cheap
Derek gurbh í Maud an t-ainm a bhí
uirthi.

Nuair a shiúil sé abhaile léi, bhí trí
nóta ar an mata dorais.

'Ó, is dócha gur bhuail an chlann
isteach,' arsa sí.

Cheap sí go bhfaca sí meas ina shúile.

'Tá sé go deas clann a bheith agat,'
arsa Derek,

'Cinnte, clann agus cairde, tá siad
araon an-tábhachtach,' arsa Nan.

Nuair a bhí sé imithe léigh sí na nótaí.

'A Mham, *cá bhfuil* tú? Bhuail mé

féin agus Kay isteach chun tú a thógáil le haghaidh pionta, le grá, Bobby.'

'A Mháthair, tá sé socraithe agam bearradh gruaige deas agus lón galánta amuigh a thabhairt duit. Cuir glaoch orm chun lá a shocrú, Jo.'

'A Mham, d'fhéadfainn d'aláram a uasghrádú duit, agus gheobhainn níos saoire é – d'inis Jo agus Bobby dom go raibh tú ag labhairt ar airgead. Cheapamar i gcónaí gur thug Daid neart airgid duit. Tá brón orm. Le grá, Pat.'

Rinne Nan miongháire. Bhain sí an-taitneamh as an tráthnóna amuigh le Derek. Anois bhí sí tar éis teacht abhaile agus fáil amach faoi dheireadh go raibh a páistí ag smaoineamh uirthi mar dhuine, agus nach mar dhuine a bhí ann chun cabhrú leo ina saol.

Ní raibh cúrsaí chomh maith sin le fada an lá.

Caibidil a Cúig

D'imigh na seachtainí thart agus bhí an tógáil béal dorais ag dul chun cinn go tapa. Níor thaitin sé sin le Nan ar chor ar bith. Go luath, dhíolfaí Uimhir a Dó Dhéag le strainséirí agus d'imeodh na tógálaithe.

Níor mhian léi smaoineamh ar an lá sin. Lá nuair nach gcloisfeadh sí Derek ag feadaíl a thuilleadh go sona sásta in éineacht le Mike agus Shay béal dorais. Tráthnónta nuair nach mbuailfeadh sé aon chnag ar a doras nuair a bheadh an obair críochnaithe, ní chaithfidís am le chéile níos mó.

Ní bheadh aon iarnónta Domhnaigh eile ann nuair a rachadh sí féin agus Derek chuig na seanscannáin dhubha bhána a thaitin leo a fheiceáil. Bheadh poll mór ann ina saol.

Ach níor dhúirt siad aon rud. Níor dhúirt siad aon rud ach gur comharsana í ag an jab ar a raibh sé ag obair anois. I gceann cúpla seachtain ghearr, d'fhéadfadh sé bheith ag obair ar an taobh eile den chathair. Bheadh comharsana eile ag doirteadh tae do Dherek.

Ach níor mhian le Nan go gcuirfeadh seo díomá uirthi. Bhí sí i gcónaí an-dóchasach.

'Níl a fhios agam cé dó ar fágadh an teach. Ar thug siad aon eolas duit?' a d'fhiafraigh sí de Dherek tráthnóna amháin agus iad ina suí lena chéile ag déanamh míreanna mearaí.

Thóg sé leis é mar bhronntanas.
Thaitin míreanna mearaí leis nuair a
bhí sé ina leaid óg. Níor bhain sé triail
as ceann le blianta. Fuair Derek píosa
casta agus chuir sé isteach é.

'Níl tuairim agam cé dó é, ní dóigh
liom go bhfuil a fhios ag aon duine.
Dúirt Ronnie an francach, sin an
forbróir, dúirt sé é a chóiriú go maith
agus é a dhíol ar phraghas ard. Sin a
bhfuil ar bun againn. A chuid orduithe.'

'Agus cé a d'ordaigh Ronnie?'

'An dlíodóir, is dócha. An dlíodóir ar
chuir Johnny White agus a bhean na
treoracha chuige sular imigh siad...
agus sula ndearna siad an méid a rinne
siad...'

'Tá a fhios agam, tá a fhios agam,'
arsa sí, ag tabhairt suaimhnis dó.

'Goilleann sé orm fós,' arsa Derek.

'Is é an fáth leis sin ná gur duine tú,
agus duine maith,' arsa Nan.

Bhí tost ann. Ba é sin an chéad uair a dúirt ceachtar acu go raibh meas acu ar an duine eile.

Uaireanta dúirt Derek go raibh cuma dheas uirthi. Uaireanta dúirt Nan go raibh carbhat galánta air. Ach bhí céim níos faide ann anseo.

Smaoinigh sí ar rud éigin a rá chun deireadh a chur leis an tost a bhí fós eatarthu. Go tobann labhair sí.

'D'fhéadfá fiafraí den fhorbróir cé hé an dlíodóir,' dúirt sí go ciúin.

'Cén fáth?' níor thuig Derek.

'Ansin bheadh a fhios againn cé dó ar fágadh an teach, agus seans go bhfoghlaimeoimis rud éigin fúthu,' a d'impigh Nan.

'Ach ní bheadh cead ag dlíodóir insint, bheadh sé faoi rún, nach mbeadh?' bhí mearbhall ar Dherek.

'Bheadh, tá an ceart agat.' Níor smaoinigh Nan air sin.

Ach ar a laghad, ní raibh sí san áit dhainséarach ina raibh sí nuair a d'admhaigh sí go hoscailte go raibh meas aici ar Dherek. Bhí an áit seo níos sábháilte.

'Ar ndóigh, tá seans ann go mbeadh beagán den chúlra ar eolas ag Ronnie an francach é féin.'

'Cén fáth a dtugann tú é sin air?' Rinne Nan gáire.

'Tá sé an mhí-ionraic, tá Ronnie. Bíonn orm troid leis chun bheith cinnte go n-íoctar an cháin agus an VAT ar gach jab a dhéanaim dó. Taitníonn sé leis an bealach éasca a thógáil, ár gcara Roinne Flynn.'

'Cé? Cé a dúirt tú?'

'Ronnie Flynn, caithfidh gur chuala tú trácht air. Tá méar i ngach aon ghnó aige,' arsa Derek.

Chuala Nan trácht air go rómhinic. Chuala sí óna hiníon Jo.

Chuala Nan caint air de ghnáth agus
í ag cur snasa ar an airgead nó ag
iarnáil mataí áite ionas go bhféadfadh
Jo dul i bhfeidhm ar bhainisteoir a fir
chéile, Ronnie Flynn, nuair a tháinig sé
ar cuairt. Ach bhí sé róluath labhairt
faoi na rudaí sin le Derek.

'An gceapann tú go mbeidh gach
rud ionraic béal dorais?' a d'fhiafraigh
Nan.

'Cad é atá tú a rá?'

'Táim ag rá go mbeadh sé go
huafásach dá bhfaigheadh an bheirt sin
bás agus iad ag ceapadh go raibh siad
ag tabhairt airgid do mhná scanraithe
batráilte, agus muna bhfuair na mná
sin an t-airgead ar chúis éigin...'

'Ná bí buartha, tá Ronnie mí-
ionraic, ach níl an dlíodóir…
Saothróidh an teach go leor airgid. Ná
bíodh imní ort riamh.'

'An bhfuil aithne ar Ronnie Flynn

mar dhuine mí-ionraic. Táim ag rá an bhfuil sé sin ar eolas ag gach duine?'

'Níl a fhios ag gach duine, níl a fhios ach ag daoine a bhíonn ag obair leis. Ceapann go leor daoine gurb é crann taca an phobail é.'

'Tuigim.'

Thuig Nan.

Labhair Jo le meas ard faoi Ronnie Flynn agus a bhean, agus faoin airgead a thug siad don charthanacht sin agus don charthanacht siúd. Labhair sí faoi na daoine a raibh aithne acu orthu agus faoi na daoine cáiliúla a thug cuairt ar a dteach.

'Buaileann Ronnie isteach anois is arís chun feiceáil conas atá ag éirí linn. Fiafróidh mé de ansin.'

'Cén uair a bheidh sé ansin arís?' a d'fhiafraigh Nan.

'A, ní insíonn Ronnie an francach duit riamh. Ní chuireann sé muinín in aon duine, bíonn fonn air geit a bhaint astu. Mothaím go mbíonn díomá air nach n-éiríonn leis teacht ar dhaoine agus iad ag déanamh rud éigin mícheart. Anois, éist liom, a Nan Ryan, níl tú ag obair ar do chuidse de na míreanna mearaí. Tá go leor den spéir ghorm nár líon tú isteach ar do thaobhsa.'

D'ísligh sí a ceann chun na píosaí a scrúdú.

'An gcríochnóimid na míreanna mearaí seo sula gcríochnóidh tú Uimhir a Dó Dhéag, meas tú?' a d'fhiafraigh sí ina guth íseal.

'Ná fiafraigh de thógálaí cén uair a bheidh aon rud críochnaithe', a d'fhreagair Derek.

★

An lá dár gcionn tháinig Ronnie Flynn ina charr galánta chun spiaireacht a dhéanamh ar an obair a bhí ar bun in Uimhir a Dó Dhéag.

Dúirt sé le Derek gur tharla sé go raibh sé sa chomharsanacht. D'fhéach Nan orthu ó taobh thiar den chuirtín.

'Tá aithne agat ar dhaoine thart anseo?' a d'fhiafraigh Derek.

'Níl, ach tá an áit ag feabhsú go mór. Cuir ceist ar na seanmhná thart anseo ar sheans nach bhfuil a fhios acu cad é an praghas atá ar a dteach agus tá seans ann go mbeidh siad sásta iad a dhíol ar phraghas saor.'

'Ní dhéanfainn é sin riamh, a Uasal Flynn,' arsa Derek.

'Is dócha nach ndéanfá.' Chroith Ronnie an francach a cheann.

'An bhfuil aon cheannaitheoirí acu don áit seo fós?' a d'fhiafraigh Derek.

'Cén fáth a bhfuil tú ag rá, *acusan?*' a d'fhiafraigh Ronnie.

'Nár dhúirt tú liom gur le comhlacht dlíodóirí é?' Bhí cuma shoineanta ar Dherek.

'Dúirt, ach cheannaigh mé uathu é. Díolachán tapa. An-saor. Tá sé fúm féin é a dhíol anois.'

'Tuigim.'

'Sea, ceapaim go mbeadh sí ina áit dheas chun bean mhaiseach a chur,' arsa Ronnie ag déanamh gáire.

'Dáiríre.' Bhí Derek fuaránta.

'Ní domsa é, ní thaitníonn sé sin liom. Is fear teaghlaigh mé. Ach i gcás cúpla fear a bhfuil aithne agam orthu, dhéanfaidís aon rud le haghaidh áite chun cailín a chur ann. Is sráid dheas chiúin í seo, ní chuirfeadh daoine aon cheisteanna.'

Chuir Derek deireadh leis an gcomhrá agus bhog Nan amach ón gcuirtín.

B'uafásach an smaoineamh é go raibh Jo pósta ar dhuine a d'oibrigh don fhear sin.

Caibidil a Sé

Bhuail Jo isteach an mhaidin dár gcionn.

Bhí seaicéad aici dá máthair. Bronntanas a bhí ann.

'Tá sé seo i bhfad róghalánta dom, a Jo. Ní théim aon áit ar féidir liom é a thaispeáint,' arsa Nan.

'Ach bheadh sé go hálainn ort ... níor chaith mé mórán é. Tóg é, a Mháthair, ní féidir linn ligean duit rudaí ó stallaí sráide a chaitheamh. Chonaic muintir Flynn é go rómhinic.'

'Tá an tUasal Flynn ag cóiriú an tí béal dorais,' arsa Nan sula raibh sí in ann í féin a stopadh.

'Ní féidir.' Bhí Jo cinnte de.

'Táim cinnte go bhfaca mé é inné agus ag labhairt leis an Uasal Doyle, an tógálaí.' Sheas Nan an fód.

'Níl, a Mháthair, déanann Ronnie bloic mhóra árasán, oifigí árachais agus na cineálacha rudaí sin. Ní dhéanfadh sé áit ar nós Bhóthar na gCastán. Creid mé,' arsa Jo agus í ag croitheadh a cinn.

'Ó, bhuel, is dócha nach bhfuil an ceart agam,' arsa Nan. Bhí sé níos simplí é a fhágáil mar sin.

'Ar aon nós, cheap mé gurbh é an tUasal Doyle, a bhfuil an veain dhearg uafásach aige, a bhí ag cóiriú an tí don chliant.'

'Ní hé, níl ann ach go bhfuair sé an post ó fhorbróir. Ní bheadh an t-airgead aige chun teach a cheannach.'

'Ó, a Mháthair, bíonn an t-uafás airgid i leataobh ag tógálaithe. Agus ar ndóigh, níl ann ach Bóthar na gCastán, ní hé go gcosnódh an teach an t-uafás airgid nó aon rud'.

D'fhéach sí ar aghaidh a máthar.

'Tá brón orm, a Mháthair, ach tuigeann tú cad é atá mé a rá.'

Níor dhúirt Nan aon rud.

'Anois táim tar éis tú a ghortú. Níor mhian liom sin a dhéanamh, geallaim duit. Agus tá feabhas mór ag teacht ar an mbóthar seo.'

'Ba é sin an rud a dúirt an fear a cheap mé gurbh é Ronnie Flynn é,' arsa Nan.

Thug an freagra sin faoiseamh do Jo. 'Bhuel anois tuigim cad é atá tú a rá. Agus bain taitneamh as an seaicéad, a Mháthair, tá sé go hálainn ort.'

Agus é sin ráite aici, d'imigh sí.

An oíche sin chaith Nan an seaicéad

nuair a tháinig Derek isteach. Bhí an chuma air gur bhain an seaicéad geit as.

'Nach dtaitníonn sé leat?' a d'fhiafraigh sí.

'Tá sé go hálainn, níl ann ach gur cheap mé.. go mb'fhéidir.. go raibh tú ag dul amach agus tú gléasta suas mar sin.'

'Ghléas mé suas toisc go raibh *tusa* ag teacht le haghaidh suipéir,' arsa sí.

Rinne Derek aoibh mhór mhall gáire agus thóg sé ceann de lámha Nan ina lámh féin.

'Níor ghléas aon duine suas dom mar sin riamh, níor ghléas i mbreis is caoga bliain.'

Bhí an-áthas ar Nan. Bhí an-áthas uirthi gur dhúirt sé go raibh sé thar chaoga. Cheap sí go raibh an bhearna aoise i bhfad níos mó.

Ná bí seafóideach, a Nan, arsa sí léi féin, arís is arís eile.

★

Tháinig Pat don lón agus den chéad uair riamh thug sí rud le hithe léi.

'Fuair mé toirtín úll duit, a Mham. Bíonn tusa i gcónaí ag déanamh rudaí dom le tabhairt abhaile liom. D'fhéadfá é a ithe ag ceann de do shuipéir.'

'Tá tú an-deas. Ach cén chiall atá le ceann de mo shuipéir?'

Bhí eagla ar Nan go bhfaigheadh a páistí amach go bhfaca sí Derek Doyle chomh minic sin. Dhéanfaidís gáire fúithi. D'inseoidís di an méid a bhí ar eolas aici cheana. Déarfaidís go raibh sí seafóideach.

'Bhuel, caithfidh go n-itheann tú suipéar mór, ní itheann tú aon rud ag am lóin,' arsa Pat.

Tharraing Nan anáil go réidh arís.

'Sea, cinnte... bhuel, táim i m'aonar, tuigeann tú,' a thosaigh sí.

'Agus má tá an chiall agat, fanfaidh tú mar sin a Mham,' arsa Pat go láidir.

'Cad atá á rá agat?'

'Bhuel nílimse chun mé féin a
cheangal le haon fhear, is féidir liom é
sin a insint duit gan aon argóint!'

'Ach cén fáth?'

'Níl aon mhaith iontu, a Mham.
Smaoinigh ar an rud a rinne Daid ort.
Féach ar Bhobby nach bhfuil sásta Kay
a phósadh. Féach ar an gcaoi a bhfuil
Jerry ag dul ar aghaidh le Jo. Inis dom
faoi phósadh sona amháin. Is leor
ceann amháin fiú.'

Bhain sí geit chomh mór sin as Nan
nach raibh sí in ann labhairt.

Níor luaigh Pat a hathair riamh, níor
luaigh aon duine acu é. Ní raibh siad
sásta labhairt faoi.

Agus cad é a bhí sí a rá nuair a dúirt
sí nach bpósfadh Bobby Kay? Ba
cheart gur thuig sí go raibh Kay chomh
feimineach sin nár chreid sí i bpósadh.
Agus caithfidh go raibh pósadh iontach

ag Jo agus Jerry. Ba é sin a dúirt Jo, an t-am ar fad.

Mhothaigh Pat go raibh an bua aici.

'Féach! Níl tú in ann pósadh sona amháin a lua.'

'Bhí grá ag muintir White béal dorais dá chéile go dtí an deireadh.'

'Ó, a Mham, daoine aisteacha a bhí iontu, níl a fhios agat aon rud fúthu.'

'Tá go leor ar eolas agam fúthu,' a dúirt Nan.

'Má tá, is tusa an t-aon duine. Ach caithfidh tú admháil, níl aon dóchas ag baint le pósadh agus is í an bhean chríonna, cosúil liomsa nó leatsa, a choinneoidh amach uaidh.'

'Inis dom faoi Jerry agus Jo,' arsa Nan go brónach.

D'éirigh Nan níos brónaí agus í ag éisteacht le Pat.

Bhí go leor ban eile ag Jerry, bhí sé sin ar eolas ag gach duine. Ar ndóigh, bhí a fhios ag Jo, ach níor admhaigh sí é.

Ach anois bhí Jerry dáiríre faoi bhean amháin. Bhí seans ann go mbogfadh sé amach. Bhí leath de mhuintir Bhaile Átha Cliath ag labhairt faoi. Bhí seasamh an-ard ag Jerry, anois gurbh é cuntasóir Ronnie Flynn é.

'Ronnie an francach,' arsa Nan léi féin go machnamhach.

'Cad é a dúirt tú?'

'Aon rud. Agus an mian le Kay pósadh i ndáiríre?'

'Ar ndóigh, is mian léi, a Mham. Deir sí go bhfuil Bobby róneamh-spleách. Déanann sé a chuid níocháin féin, agus taitníonn sé leis smaoineamh nach bhfuil siad ach ag roinnt árasáin, agus nach bhfuil siad ina gcónaí lena chéile i gceart.'

'Agus an ndeir tú aon cheann de na rudaí seo le d'athair nuair a thugann tú cuairt air?' a d'fhiafraigh Nan di.

Bhí rud nua eile ann anseo. Níor
chuir Nan ceist ar na páistí riamh
faoina dturais chuig fear a d'imigh
uaithi fiche bliain ó shin.

'Cé na cuairteanna, a Mham? Ní
bhíonn aon am aige dúinne, ní bhíonn
aige ach bean óg amháin i ndiaidh a
chéile agus ansin má éiríonn siad
dáiríre deir sé leo nach dtabharfaidh tú
colscaradh dó. An bhfuil sé sin fíor?'

'Níl sé, ar ndóigh.'

'An bhfuil sé seo ag cur as duit, a
Mham?'

'Níl ach do scéal faoi Jo agus Bobby
ag cur as dom.'

'Bhuel, ní féidir aon rud a dhéanamh,
a Mham. Ní féidir le haon duine aon
rud a dhéanamh. Sin an chaoi a bhfuil
cúrsaí...an chaoi a bhfuil fir.'

Ba mhian le Nan a rá le Pat nach
raibh gach fear mar sin, ní raibh
Johnny White béal dorais, ná Derek
Doyle mar sin... ach ní fhéadfadh sí.

'Is féidir linn rud éigin a dhéanamh i gcónaí.'

'Ná déan aon rud, a Mham,' dúirt Pat léi. 'Ní mian leat dul amach agus botún a dhéanamh.'

'Ní mian, bogfaidh mé go cúramach,' arsa Nan. 'Cinnte, go han-chúramach.'

Caibidil a Seacht

'Níor inis mé duit go bhfuil m'iníon
pósta ar fhear atá ag obair mar
chuntasóir do Ronnie an francach,'
arsa Nan.

'Jerry, an é?' a d'fhiafraigh Derek.

'Tá aithne agat air?' a dúirt Nan.

Thuig sí nar ghá di Derek a
choinneáil mar rún níos mó. Bheadh
an teach béal dorais críochnaithe i
gceann cúpla seachtain. Ba ghearr go
mbeadh sé imithe óna saol.

'Níl aithne cheart agam air,' arsa

Derek. 'Ach casadh orm é cúpla uair. Is cosúil gur fear éirimiúil é.'

Chlaon Nan a ceann. 'Sin é go díreach, fear éirimiúil. Tá sé ag bogadh ar aghaidh, mar a deir siad.'

'Ba cheart dó bheith cúramach ar fhaitíos nach mbogfaidh sé go príosún,' arsa Derek.

Mhothaigh sí go raibh oighear ag sleamhnú síos a scórnach.

'Tá sé chomh holc sin?'

'Tá an-leisce orm é seo a rá leat ós rud é go mbaineann sé le do theaghlach, ach is sionnaigh ghlice iad, eisean agus Ronnie. Tá airgead ag teacht ó gach saghas cuntas bainc aisteach, níl aon cheann acu anseo. Tá ainmneacha difriúla ar pháipéar an chomhlachta. Mar a tharla sé...' chríochnaigh Derek.

'Mar a tharla sé...cad, a Dherek?' Bhí a guth ciúin.

'Mar a tharla sé, ba mhinic a dúirt

mé leis na buachaillí, Mike agus Shay,
go raibh aiféala orm gur thógamar an
post ó Ronnie. Ach bhí an t-airgead ag
teastáil uainn ar fad. Tá mac faoi
mhíchumas ag Mike. Tá Shay ag cur
airgid i leataobh chun pósadh. Agus
mise, bhuel bhí mé ag iarraidh rudaí a
choinneáil ar siúl.'

'Mar sin, an bhfuil aiféala ort gur
ghlac tú leis?' Bhí súil ag Nan nach raibh
an iomarca díomá le cloisteáil ina guth.

'Níl, níor oibrigh mé in aon áit ar
thaitin liom chomh mór leis an áit seo,
agus ansin bhí mé ag tnúth leis na
tráthnónta deasa seo. Dá ndéarfainn le
Ronnie an francach nach nglacfainn an
post ní chuirfinn aithne air seo ar
fad...' Bhog sé a lámha thart ar an
seomra te teolaí.

Bhí sé sin i bhfad níos fearr.
Mhothaigh Nan go mbeadh sí in ann
caint leis.

Ba mhian le Nan a fháil amach cén páirt a bhí ag Jerry i ngnó Ronnie, ach ansin dúirt Derek, 'Dúirt mo Rosie go mbíonn an t-ádh orm nuair a ghlacaim le post, ach níor éirigh chomh maith liom agus a d'éirigh liom leis an gceann seo riamh.'

Go tobann, mhothaigh Nan an t-oighear ina scórnach arís.

'Rosie?' Bhí a guth beag tanaí.

'Mo bhean,' arsa sé.

Chuala sí an clog ag ticeáil, chuala sí an trácht taobh amuigh ar Bhóthar na gCastán.

Bhí bean aige.

Tar éis na dtráthnónta seo ar fad, tar éis na mbéilí agus na dturas chuig an bpictiúrlann, tharla sé go raibh bean aige.

Chuir sí meangadh dea-bhéasach ar a haghaidh.

'Ó, sea.' Bhí a fhios aici go raibh a guth ag crith. Ná bíodh cuma bhrónach orm, a d'impigh sí. Ná lig dó feiceáil go bhfuil díomá an domhain orm.

'Bhuel, bhí an t-ádh ormsa chomh maith, comhluadar deas, míreanna mearaí, scannáin agus... agus gach rud, caithfidh mé a rá. D'fhéadfá é sin a rá le Rosie ar mo shon.'

D'fhéach sé uirthi agus mearbhall air. 'Ní bheidh aon rud faoi seo á insint agam do Rosie'.

'Déan mar is mian leat féin.' Bhí sí gortaithe anois. Bhí sí fuar.

'Ní insíonn tusa do do theaghlach faoi mo chuairteanna anseo,' arsa sé.

'Ní insím, bhuel, tá sé sin beagáinín difriúil,' arsa Nan.

'Ní fheicim cén fáth a bhfuil,' a thosaigh sé.

'A Dherek, ar mhiste leat insint dom faoin méid a cheapann tú gur cheart go mbeadh ar eolas agam faoi Jerry agus faoin bpáirt atá aige i rud éigin atá i gcoinne an dlí?'

'Ní inseoidh. Cén fáth ar cheart dom bheith ag déanamh cúlchainte. Sin an fáth a bhfuil mise agus tusa chomh maith... ní bhainimid taitneamh as cúlchaint ar nós gach duine eile sa domhan... a bhíonn ag insint blúiríní beaga eolais, ag insint scéalta.'

D'fhéach sí ar Dherek ar bhealach nua.

Sea, thaitin tréith sin Derek Doyle léi. Choinnigh sé a ghnó leis féin.

Ach níor thuig sí cén fáth nár dhúirt sé aon rud faoina phósadh féin. Cén saghas pósta a bheadh ann, agus Derek ag filleadh ar an teaghlach tar éis a haon déag gach oíche. Gan trácht ar bheith ag an bpictiúrlann ag an deireadh seachtaine. Ar inis sé é seo do Rosie fhoighneach, thuisceanach riamh?

Chreid Nan gur thuill Rosie gach trioblóid a thit uirthi. Samhlaigh gur inis Rosie dá fear céile go raibh an t-ádh air nuair a mheall sé bean eile. Labhair Nan go ciúin.

'Aontaím leat, agus ní maith liom cúlchaint, ná ag cur isteach ar dhaoine, ach an uair seo b'fhéidir go mbeidh orm an dá cheann a dhéanamh. Chuala mé inniu go raibh Jerry mór le bean eile.'

'Sea, tá a fhios agam,' arsa Derek.

'Agus tá sí ag iompar.'

'Ní chreidim tú!'

'Tá brón orm an scéal a thabhairt duit mar seo ach dúirt Ronnie gur cheap sé go mbeadh an teach béal dorais ar fheabhas chun go mbeadh bean eile Jerry ábalta cónaí ann. Dúirt sé gur dhiúltaigh Jerry smaoineamh air fiú.'

'Sea, ní miain le Jerry go mbeadh a bhean eile ina cónaí in aice lena mháthair chéile.' Bhí aghaidh Nan crua.

'An bhfuil a fhios ag d'iníon faoi seo ar fad?' Bhí a ghuth séimh ciúin.

'Níl a fhios agam dáiríre,' arsa Nan.

'Níl sé cóir ná ceart, cailín álainn mar í. Níor cheart dó a leithéid de rud a dhéanamh uirthi.'

'Tá aithne agat uirthi?' Bhí ionadh ar Nan.

'Feicim an triúr acu ag teacht isteach is amach ar cuairt chugat i rith an lae. Is í Jo an bhean fhionn a bhfuil an carr galánta aici.'

Samhlaigh go raibh an méid sin suime aige gur thug sé gach rud faoi deara. Ach ba chuma faoi sin anois.

'Tiocfaidh sí as. Tagann daoine.'

Chroith Derek a cheann. 'Tá fir mar sin santach. Béarfaidh duine éigin ar Jerry sa deireadh. Tá a fhios agam nach é an t-airgead bun agus barr an tsaoil, ach tá súil agam go n-éalaíonn do chailín fad is atá roinnt airgid aige fós.'

'Mar a dúirt tú, ní hé an t-airgead bun agus barr an tsaoil,' arsa Nan. Bhí a guth an-fhuar.

Shín Derek trasna an bhoird.

'Ar dhúirt mé rud éigin a chuir isteach ort, a Nan? B'fhéidir gur cheart dom fanacht ciúin faoi chuntasóir Ronnie.'

'Níor cheart, ar chor ar bith.' Bhí Nan an-fhuar fós. 'Cinnte bheadh orm fáil amach uair éigin.'

An tráthnóna sin níor thairg sí aon mhilseog dó cé go raibh sé in ann feiceáil go raibh leath toirtín úll sa chistin le crúiscín uachtair.

D'fhág Derek teach Nan Ryan ar a naoi a chlog.

Bhí an uair sin i bhfad níos luaithe ná aon uair a d'fhág sé le fada an lá.

Caibidil a hOcht

'A Bhobby?'

'Sea, a Mham, an bhfuil aon rud cearr leat?' Níor ghnách gur chuir Nan glaoch ar a mac. Agus níor chuir sí glaoch air ag leathuair tar éis a naoi tráthnóna riamh.

'Níl aon rud. Ach, an féidir leat bualadh isteach orm ar do bhealach abhaile ó obair amárach. Thaitneodh sé sin liom.'

'Tá rud éigin cearr leat.'

'Níl, a dúirt mé leat. Agus Bobby, ná tabhair do chuid níocháin leat. Ná tabhair arís é go deo. Foghlaim conas do mheaisín níocháin a úsáid agus iarr ar Kay múineadh duit conas iarnáil.'

'Ní dóigh liom..'

'Bhuel is dóigh liomsa. Agus tairg a cuid léinte agus blúsanna a iarnáil freisin… ní féidir léi a rá go bhfuil tú frithfheimineach mar sin, an féidir?'

Chuir sí síos an fón agus chuir sí glaoch ar Phat.

'Nílim cinnte, a Mham, tá go leor le déanamh agam.'

'Níl aon rud le déanamh agat, a Phat. Sin an rud atá cearr leat. Caitheann tú na huaireanta i d'aonar agus bíonn faitíos ort roimh bhuirgléirí a shamhlaíonn tú…'

'Ní shamhlaím iad, a Mham!'

'Samhlaíonn tú an chuid is mó de do bhuirgléirí. Tá tú i do chónaí in árasán nár ghlan tú ná nár chóirigh tú riamh. Ní fhéadfá cuireadh a thabhairt d'aon duine teacht ansin – ní fhanfadh buirgléir ansin fiú! Níor chíor tú do chuid gruaige le seachtainí. Faigh bearradh gruaige ag am lóin agus déan iarracht bheith slachtmhar tráthnóna amárach.'

'Caithfidh mé a rá go bhfuil tú ar meisce, a Mham,' arsa Pat le hiontas. 'Níor chuala mé tú ag labhairt mar seo riamh.'

Ansin chuir sí glaoch ar Jo. D'fhreagair Jo an chéad uair a bhuail an fón.

'Ó, a Mháthair,' arsa sí agus díomá uirthi. 'Cheap mé gurbh é Jerry a bhí ann.'

'Ní hé, níl ann ach do mháthair.' Labhair Nan go tapa. 'Ba mhaith liom go dtiocfá anseo amárach le haghaidh lóin liom…'

'A Mháthair, níl a fhios agam an féidir… Ní gnách go n-ithim lóin mhóra i dtithe daoine…'

'Beidh sailéad le tuinnín agus trátaí agamsa, is féidir leatsa pé rud is mian leat a ithe. Ní mór dom labhairt leat, Jo. Bheadh áthas orm dá dtiocfá anseo thart ar a haon a chlog.'

Bhuel, tiocfaidh siad ar fad, a cheap Nan léi féin agus í ag réiteach le haghaidh dul a chodladh. An raibh sé chomh héasca sin bheith daingean agus gan glacadh le freagra diúltach mar fhreagra?

Ar cheart go mbeadh sé déanta aici fadó ó shin?

Ba chuma léi. Bhí sé á dhéanamh aici anois.

An mhaidin dár gcionn d'fhéach Nan trasna ón bhfuinneog chistine ar Uimhir a Dó Dhéag. Ní raibh aon chanadh ná feadaíl ó Dherek Doyle inniu. Ní raibh a fhios ag Nan ar phacáil Rosie ceapairí dó. Ar phóg sí é agus í ag fágáil slán leis.

Smaoinigh sí faoin mbean eile ar thug sí Bean White uirthi. Bhí sí i bhfolach sa teach sin chomh fada sin. Bhíodh sí ag crith go dtí go dtagadh a Johnny abhaile agus go mothaíodh sí slán arís.

Arbh óinseach í Bean White maireachtáil sa bhealach sin le Johnny, agus bás a fháil leis?

Ar cheart do Bhean White dul chuig na cúirteanna agus cosaint an dlí a fháil ón mbulaí a phós sí?

Ar cheart do Nan í féin bheith i bhfad níos láidre fiche bliain ó shin, nuair a d'imigh a fear céile uaithi. Ag an am sin cén fáth nár iarr sí air tacaíocht cheart a thabhairt di chun a clann a thógáil in áit dul ag obair í féin chun an t-airgead a fháil?

Nó cén fáth nach ndearna rogha difriúil... labhairt leis, iarraidh air míniú cén fáth arbh fhearr leis an bhean eile?

I ndeireadh na dála níor fhan sé léi rófhada. Ní fhéadfadh gur grá rómánsaíoch *fhírinneach* a bhí ann? Bhí sé ródhéanach aon cheann de na rudaí sin a athrú anois.

Bhí súil aici go mbeadh an neart aici chun gach rud a dhéanamh inniu. D'oscail sí a doras tosaigh nuair a bhí a fhios aici go mbeadh na fir ansin.

'Feicfidh mé tráthnóna tú thart ar a seacht a chlog, a Dherek?' a ghlaoigh sí don tógálaí.

Bhí cuma an iontais air. Níor admhaigh siad riamh os comhair Mike agus Shay go raibh sé ag dul isteach sa teach. Baineadh geit as.

'Feicfidh, cinnte, bheadh sé sin.. em.. go breá a Bhean.. em… Ryan.'

Ansin réitigh sí gach rud, gach rud ar an mbord agus gach rud ina hintinn, le haghaidh lóin lena hiníon.

'Tá súil agam go bhfuil sé seo tábhachtach, a Mháthair,' arsa Jo nuair a tháinig sí. 'Ar ndóigh, d'fhéadfaimis labhairt aon uair nach bhféadfaimis?'

'Tá súil agam nach ndéanfaidh mé praiseach de seo, a Jo,' arsa Nan. Agus chonaic Jo deora i súile a máthar.

'Lean ar aghaidh, a Mháthair, abair é,' arsa sí.

Tharla sé go raibh a fhios ag Jo faoi gach rud ach amháin go raibh an bhean ag iompar. Agus chuir sé sin fearg uirthi ba dheacair di a léiriú.

Dúirt Jerry riamh nach raibh sé réidh do pháistí. Bhuel anois, samhlaigh é sin! Tharla sé go raibh sé réidh. Rinne sí gáire faoi Ronnie ag tairiscint an tí ar Bhóthar na gCastán do Jerry chun a fhadhbanna a réiteach.

'Tá m'aigne déanta suas agat dom, a Mháthair... tá. Tá, tríd é seo a insint dom. Bhí mé ag smaoineamh air le fada an lá, ach tá a fhios agam cad a dhéanfaidh mé. Imeoidh mé uaidh.'

'Ach nach bhfuil grá agat dó?' a d'fhiafraigh Nan.

'Níl, ní le fada an lá.'

'Mar sin, cén fáth nár imigh tú roimhe seo?'

'Cheap mé dá dtabharfainn neamhaird ar an mbean, go reiteodh sin an fhadhb. I ndeireadh na dála, tá i bhfad níos mó agam ná mar atá aici... an bhean eile.' Bhí cuma an bhróin ar Jo ar feadh soicinde.

'Tá a fhios agam, a Jo, ach tá a fhios agat go mbíonn fir i gcónaí sa tóir ar rud nua. Tharla an rud céanna domsa le d'athair.'

'Níl, tá meas ag Jerry orm. Ba ghnáth liom ceapadh go raibh an meas sin tábhachtach. Tá meas aige orm toisc go bhfuil mo ghnó féin agam, agus gur chuir mé iachall air aon airgead glan a bhí aige ansin a chur sa ghnó sin. Nuair a théann seisean agus

Ronnie agus an cailín torrach síos, ní bheidh aon bhaint agam leis an titim.'

Bhí an chuma uirthi go raibh sí crua agus go raibh gach rud faoina stiúir aici anois.

'Go raibh maith agat, a Mham, rinne tú gar mór dom. Go raibh maith agat as an misneach a bheith agat.'

Ní raibh Nan in ann labhairt.

'An féidir liom aon rud a dhéanamh duitse, a Mham? Le do thoil.'

'Is féidir,' arsa Nan go mall.

'An bhféadfá teacht chuig suipéar tráthnóna thart ar a seacht a clog? Tá an bheirt eile ag teacht agus ba mhian liom go gcasfaí cara liom ort.'

'Cén cara, a Mháthair?'

'Thart ar a seacht anocht,' arsa Nan.

Caibidil a Naoi

Bhí Nan réidh an-luath. Ghléas sí í féin go cúramach. Bhí uirthi sin a dhéanamh ós rud é gur thug sí ordú dá hiníon Pat sin a dhéanamh.

Bhí cuma an-fhaiseanta ar Jo i gcónaí. Níor mhian le Nan go mbeadh cuma shean mhíshlachtmhar uirthi féin i gcomparáid leo. Bhí buidéal fíona agus cúig ghloine aici ar thrae. Agus bhí casaról sicín aici san oigheann.

Ní raibh taithí ag Nan ar an gcineál seo oíche in Uimhir a Ceathair Déag Bóthar na gCastán. Ó d'imigh fear céile Nan fadó ó shin chaith sí aon airgead breise ar bhróga agus leabhair scoile.

Ní raibh a fhios aici cé acu a thiocfadh ar dtús. Mar a tharla sé, bhí an-sceitimíní uirthi.

Tháinig Bobby ar dtús.

'Cén fáth a raibh mé ag teastáil uait, a Mham?'

'A thiarcais!.. níl sé sin go deas, a Bhobby. Tugaim cuireadh ar shuipéar do m'aon mhac agus seo é an freagra. Ba mhian liom tú a fheiceáil agus béile deas a thabhairt duit. Cad eile?'

'Ach ní mian leat mé a fheiceáil anseo riamh, a Mham, ach amháin chun mo chuid níocháin a dhéanamh,' arsa sé, agus bhí mearbhall air.

'Ná bí amaideach, a Bhobby! Dáiríre, tá tú cosúil le hamadán. An gceapann tú gur *thaitin* sé liom do chuid níocháin a dhéanamh?'

'Ceart go leor, a Mham, rinne mé mo chuid níocháin féin aréir agus bhí áthas ar Kay. Dúirt sí gur chosúil le fíorbhaile é ar dteach anois.'

'Tá sin go maith.'

'Ach cén fáth go díreach…?'

Díreach ansin, bhuail Derek cnag ar an doras. Bhí bláthanna aige ina lámha. Baineadh geit as nuair a chonaic sé go raibh Bobby ann. Bhog sé chun imeacht arís.

'Tar isteach, a Dherek, tá sé go deas tú a fheiceáil. Seo é mo mhac Bobby. A Bhobby, tá Derek Doyle i gceannas ar an tógáil béal dorais.'

Bhí cuma an mhearbhaill ar an mbeirt fhear agus sula raibh seans acu aon rud eile a dhéanamh ach lámha a chroitheadh tháinig Pat. D'fhéach Bobby uirthi le hiontas.

'Cad a rinne tú leat féin? Tá cuma dhifriúil ar fad ort,' arsa sé.

'Ní dhearna Pat ach í a ghléasadh suas le haghaidh suipéir lena mháthair mar a dhéanfadh aon iníon.'

D'fhéach Nan le sástacht ar ghruaig lonrach dea-bhearrtha Phat. Agus bhí seaicéad dearg nua thar sciorta dúghorm uirthi.

De ghnáth ní bhíodh sí sásta aon rud ach jeans agus geansaí mór a chaitheamh.

'M'iníon Pat,' arsa Nan go bródúil.

'Agus tá cuma an-deas ort,' arsa Derek go dea-bhéasach. 'Chonaic mé tú ag teacht ar cuairt ar do mháthair. Tá cuma aoibhinn ort anocht.'

Rinne Pat aoibh gháire le pléisiúr.

'Tá áthas orm bualadh leat, a Uasal Doyle,' arsa sí.

Bhí siad gnóthach agus iad ag caint faoi shlándáil ar láithreáin tógála nuair a tháinig Jo. Bhí a haghaidh bán, ach bhí sí calma.

'Tá sé déanta, a Mháthair,' arsa sí go tapa ar leac an dorais.

'Ní dhearna tú róthapa é, tá súil agam,' arsa Nan.

'Uaireanta bíonn *a fhios* agat go bhfuil an rud ceart á dhéanamh agat. Agus ansin is fearr é a dhéanamh go tapa.'

'Tá a fhios agam díreach cad é atá tú a rá,' arsa Nan.

Agus bhí a fhios ag Nan. Bhí a fhios aici go sábhálfadh an cruinniú anocht a cuid dínite. Ní dhéanfadh aon duine óinseach di. Ní dhéanfadh aon duine óinseach di agus ní dhéanfadh Derek óinseach di, Derek a thaitin chomh mór léi agus a raibh an méid sin measa aici air.

'Tá an bheirt eile anseo?' Bhí ionadh ar Jo nuair a chuala sí guthanna a dearthár agus a deirféar.

'Tá, cinnte. Rinne mé suipéar dúinn

ar fad agus anois beidh gloine fíona
agat.'

Thóg Nan a hiníon isteach sa
seomra agus chuig an trae a raibh na
gloiní air. Shílfí gur tharla seo go minic
in Uimhir a Ceathair Déag Bóthar na
gCastán.

Thit béal Jo nuair a chonaic sí Pat.

'An raibh athrú stíle agat nó cad?' a
dúirt sí.

'Tá, cheannaigh mé seaicéad nua,'
arsa Pat go crosta.

'Seo é Derek Doyle a ritheann an
tógáil béal dorais,' thosaigh Nan.

'A Uasal Doyle, tá se an-deas
bualadh leat.' Bhí bealach cainte éasca
cleachtaithe ag Jo a chuir suaimhneas
ar dhaoine i gcónaí.

'Deir mo mháthair go bhfuil ag éirí
thar barr leat le hUimhir a Dó Dhéag.
Deir sí go mbeadh sé sásúil d'aon
duine, banphrionsa fiú!'

Bhí a cuid súl rógheal. Bhí sí an-chorraithe.

Ba chosúil gur thuig Derek é seo. Bhí sé an-mhaith ag cur suaimhnis ar dhaoine.

Smaoinigh Nan ar an gcaoi ar éirigh le Derek suaimhneas a chur ar sheandaoine leadranacha mar an Uasal O'Brien ó Uimhir Fiche a hOcht. Chuimhnigh sí ar an gcaoi ar chuir sé na comharsana ar a suaimhneas nuair a rinne siad gearán faoi scipe na dtógálaithe taobh amuigh den doras, agus an chaoi ar thairg sé a mbruscar a thógáil dóibh.

Anois bhí sé ag cinntiú nach dtiocfadh fearg ar Jo.

'Tá sé éasca jab maith a dhéanamh de theach ar an tsráid *seo*. Thóg siad go han-mhaith iad ar dtús, tá ballaí maithe tiubha acu…'. D'fhéach sé le haoibhneas timpeall an tseomra suite ina raibh siad.

'Agus cén saghas daoine a cheannódh é, meas tú? Níl ann ach go bhfuil suim agam ann toisc gur mhaith liom fios a bheith agam cén saghas comharsana a bheidh ag mo mháthair.'

Bhí cuma ar Dherek gur chuala sé an eagla i nguth Jo. Bhí sé níos ciúine ná riamh.

'Bhuel, braitheann sé ar cé dó a ndíolfaidh an tUasal Flynn é. Cheannaigh sé an teach ar phraghas an-íseal, ach ar ndóigh, is fear gnó é agus tá súil aige go ndéanfaidh sé brabús maith air.'

D'fhreagair Jo go borb é. 'Bí cinnte go bhfuil súil aige!'

'Ach d'fhear céile mar chuntasóir dó b'fhéidir go mbeidh...'

'M'iarfhear céile.' chuir Jo isteach air.

Bhí áthas ar Nan nár lig aon duine do ghloine titim.

'Níl tú i ndáiríre?' arsa Pat.

'Ó, cén uair?' a d'fhiafraigh Bobby.

'Ar mhaith libh go léir suí síos ag an mbord?' Bhí guth Nan éadrom. 'Nílimid ag iarraidh go n-éireodh an sicín fuar.'

Anois d'fhéach siad uile ar Nan le hiontas.

Bhog siad, gan focal astu, bhí iontas orthu go raibh sí ag glacadh leis an scéal mór chomh ciúin sin.

'Tá sé seo ar fad an-deas.' Thosaigh Derek chun deireadh a chur leis an tost. 'Tá boladh álainn air.'

'Tá tú go hiontach, a Mháthair,' d'aontaigh Jo leis.

'Bhuel, ba mhian liom go mbuailfeadh sibh ar fad lena chéile. Thug Derek go leor cuairteanna orm tar éis oibre mar sin ba mhian liom go mbuailfeadh sé le mo pháistí…'

D'fhéach siad go léir ar a chéile

amhail is gur cluiche leadóige a bhí
ann. Thuig siad go raibh teannas mór
anseo, ach ní raibh a fhios acu cad a bhí
ann.

'Cinnte, agus páistí deasa atá iontu,'
arsa Derek, agus é ag iarraidh an rud
ceart a rá.

'*Agus* ar ndóigh ba mhian liom go
mbuailfeadh sibhse leis.' Rinne Nan
aoibh an gháire orthu ar fad ó bharr an
bhoird.

'Ar an drochuair, ní raibh Rosie,
bean Dherek, in ann teacht in éineacht
leis anocht. Bheadh an-fháilte roimpi.
Caithfidh tú Rosie a thabhairt leat
anseo uair éigin, a Dherek, sula
gcríochnaíonn tú Uimhir a Dó Dhéag.
Tabharfaidh tú, nach dtabharfaidh?'

Agus í ag tosú ar an gcasaról sicín a
chur amach ar phlátaí, ní fhaca Nan
aghaidh Dherek. Bhí cuma ar Dherek
gur bhuail duine buille an-trom air.

Caibidil a Deich

Ina dhiaidh sin, smaoinigh siad cad a tharlódh an oíche sin munar tháinig na daoine eile go léir.

Ba í Kay an chéad duine a bhuail cnag ar an doras, ba í cailín Bobby í Kay.

'Bhí mé ag dul thart, a Bhean Ryan agus bhí a fhios agam gur thug tú cuireadh do Bhobby anseo le haghaidh suipéir … mar sin.. bhuel..' D'imigh a guth i léig.

'Tar isteach chugainn, a Kay. Ba cheart go n-iarrfadh Bobby ort teacht ar an gcéad dul síos.'

'Níor dhúirt tú liom iarraidh uirthi teacht, cheap mé nach raibh cuireadh ach ag an teaghlach!' Níor mhian le Bobby go gcuirfeadh aon duine an milleán air.

'Ach tá Kay sa teaghlach ar gach bealach, nach bhfuil sí?' Bhí Nan éadrom réchúiseach agus í ag cur Derek in aithne do Kay agus ag fáil pláta eile di.

'Tá cuma an-difriúil ort, a Phat,' arsa Kay go tobann. 'Tá tú cosúil le duine nua amach is amach.'

'Go raibh maith agat, a Kay,' arsa Pat.

Bhí athrú iomlán ar Phat. Thuig Nan go gcroithfeadh an tsean-Phat a guaillí agus nach mbeadh sí sásta glacadh leis an moladh.

Ní raibh ach Nan agus Kay in ann comhrá a dhéanamh. Bhí tost aisteach tar éis teacht ar an gceathrar eile. Bhí

cuma ar an scéal go raibh an iomarca
cloiste acu cheana agus nach raibh aon
spás ann do chómhrá.

'Ó a Jo, tháinig d'fhear céile chuig ár
n-árasán agus é ag cuartú Bobby. Bhí
cuma air go raibh sé trína chéile.'

'Ní hé m'fhear céile é,' arsa Jo. 'Is é
m'iarfhear céile é agus tá súil agam go
bhfuil sé trína chéile.'

'A thiarcais!' arsa Kay.

Dúirt sí rud an-éadrom toisc nach
raibh sí in ann smaoineamh ar aon rud
eile.

'An raibh sé seo ar eolas agat, a
Bhobby?' a d'fhiafraigh sí.

'Níl aon rud ar eolas agam. Níl aon
rud ar eolas agam faoi aon rud,' arsa
Bobby go han-daingean.

'Is ormsa atá brón, a Jo,' arsa Kay go
dea-bhéasach.

'Bhuel, níl brón ormsa, agus bhí
mise pósta air. Murach cara mo

Mháthar, an tUasal Doyle anseo, seans nach mbeadh a fhios agam cé chomh holc agus a bhí cúrsaí le Jerry.'

'Ó, a thiarcais, níor mhian liom botún mór a dhéanamh,' a thosaigh Derek.

'Ní dhearna, ní dhearna tú ach cúrsaí a dhéanamh soiléir,' a dhearbhaigh Jo.

'Ní dhearna, níor bhain sé liomsa. Ba cheart dom fanacht i mo thost,' arsa Derek. 'Ní dhearna an méid a rinne mé ach dochar. Dá mbeadh an lá atá imithe thart agam arís ní dhéanfainn, geallaim duit.'

'Cén fáth nach ndéanfá? Rinne tú an rud ceart, a Uasal Doyle. Ba cheart go mbeadh a fhios agam níos luaithe.'

Bhuail duine éigin eile cnag ar an doras.

'Rachaidh mise,' arsa Bobby.

Bhí siad in ann Bobby a chloisteáil ar leac an dorais agus é ag rá 'Cé a déarfaidh mé atá á hiarraidh?' Leis sin, bhrúigh fear thairis agus tháinig sé isteach sa seomra.

Ba é Ronnie Flynn an forbróir é.

'Tá brón orm cur isteach ort, a Bhean Ryan, ach bhí mo chuntasóir ar an bhfón ag gearán liom gur inis mé a ghnó príobháideach ar fad duit. Bhí mé ag iarraidh dearbhú nár inis mé focal duit...' Stop sé nuair a chonaic sé Jo.

'Ó, Dia duit, a Jo, ní fhaca mé tú.'

'Tuigim nach bhfaca, Ronnie.'

'Is praiseach ceart é seo.'

'Tá cinnte, a Ronnie. Praiseach mór atá ann ach ní phléimid na sonraí ar fad anseo.' Bhí meangadh Jo geal mí-ionraic.

D'fhéach Ronnie ina thimpeall a thuilleadh agus chonaic sé Derek Doyle.

'In ainm dílis Dé, a Dherek, cad é atá tusa a dhéanamh anseo?'

'Tugadh cuireadh suipéir dom anseo, a Ronnie. D'iarr Bean Ryan orm bualadh lena teaghlach.' Bhí an chuma air go raibh Derek ar a shuaimhneas.

'Teaghlach? Is ball den teaghlach tú a chónaíonn anseo, a Jo? Anseo ar Bhóthar na gCastán?'

'Sea cinnte, a Ronnie, seo é teach mo mháthar, agus seo cóisir suipéir mo mháthar agus tá tú tar éis brú isteach air..'

'Agus ar ndóigh, más mian leat bheith páirteach.' Ba dheacair cur isteach ar Nan Ryan anocht.

'Níor mhian, a Mháthair, táim cinnte go gcaithfidh Ronnie imeacht abhaile, nó an raibh tú ag iarraidh labhairt faoi Uimhir a Dó Dhéag leis an Uasal Doyle?'

'Is féidir é seo ar fad a réiteach an bhfuil a fhios agat, a Jo? Ní gá dráma a dhéanamh as.'

'Ó, aontaím leat,' rinne Jo meangadh an-fhuar. 'Ba é sin díreach an méid a dúirt mé le Jerry tráthnóna seo sula ndeachaigh mé chuig mo dhlíodóir. Níl gá le raic mhór, arsa mé. Ní gá go dtiocfadh na sonraí amach má tá sé réasúnta.'

'Na sonraí?' cogar a bhí i nguth Ronnie.

'Ní gá ar chor ar bith go dtabharfaí na margaí gnó ar fad os comhair an phobail. Dáiríre, cé atá ag iarraidh fáil amach faoin méid a d'íoc tú as Uimhir a Dó Dhéag béal dorais, nó cén praghas a gheobhaidh tú nuair a dhíolfaidh tú é?'

'Agus cad é a dúirt sé?' Bhí cuma ar an scéal go raibh comhrá príobháideach ar bun ag Ronnie agus Jo. Bhí dearmad déanta acu go raibh aon duine eile sa seomra.

'Bhuel, ceapaim go bhfaca sé an chiall atá ag baint leis. Níl sé sásta faoi, ar ndóigh. Ach is dócha gurb é sin an fáth a raibh sé ar do lorg agus – cad é a dúirt tú – go raibh sé ag gearán leat?'

'Imeoidh mé anois, tá an-bhrón orm as cur isteach ar do chóisir, a Bhean Ryan. Ní raibh a fhios agam, tuigeann tú.'

'Ní raibh, ar ndóigh.' Chuir Nan ar a shuaimhneas é.

'A Thiarna, ní bheadh a fhios agat cé a thiocfaidh anois!' arsa Pat nuair a bhí Ronnie imithe amach an doras.

'An mbeidh píosa eile ag aon duine?' a d'fhiafraigh Nan.

'Agus cén fáth nach raibh do bhean in ann teacht, a Dherek?' a d'fhiafraigh Bobby, agus é ag smaoineamh go raibh sé ag cuidiú leis an gcomhrá.

'Tá dhá chúis leis. Níor tugadh cuireadh di agus ní fhaca mé í le ceithre bliana déag anois,' a d'fhreagair Derek.

'Bhuel, agus cheap mé *go raibh* na hiontais ar fad thart anocht. Ní raibh an ceart agam,' arsa Jo.

'Níor dhúirt tú riamh.' Bhí guth Nan íseal.

'Níor chuir tú ceist orm riamh,' arsa Derek.

'Níor luaigh tú í ar chor ar bith go dtí aréir nuair a dúirt tú liom gur dhúirt sí gur tháinig tú slán i gcónaí, agus tú ag fáil comharsana chun cócaireacht a dhéanamh duit agus tú imithe ar jabanna tógála.'

'Dúirt sí. Dúirt sí é sin fadó ó shin, sular imigh sí le duine de mo chairde.'

Anois bhí an bheirt acusan ag caint amhail is nach raibh aon duine eile sa seomra.

'Tá brón orm,' arsa Nan.

'Bhí brón ormsa ag an am, ach tháinig mé as. Ní raibh aon pháistí againn. D'fhoghlaim mé conas mo shaol a thógáil díreach mar a d'fhoghlaim tusa nuair a d'imigh d'fhear céile, déarfainn.'

'Agus cén chaoi a raibh a fhios agat?'

'Creideann an tUasal O'Brien ag Uimhir Fiche a hOcht, i gcónaí gur cheart go mbeadh an t-eolas uile agam,' arsa Derek, agus rinne siad aoibh an gháire ar a chéile trasna an bhoird.

Bhuail duine éigin cnag ar an doras. An uair seo chuaigh Pat chun é a oscailt.

Jerry a bhí ann. An bhféadfadh sé labhairt le Jo?

Tháinig Pat ar ais agus chuir sí an cheist ar Jo ag an mbord bia. Chuaigh Pat ar ais chuig an doras.

'Ní féidir, a Jerry,' arsa sí

'Bhuel inis di, gach rud atá ag teastáil uaithi. Ach gan sonraí a thabhairt, sonraí gnó. Tuigfidh sí.'

'Ceapaim go dtuigimid ar fad,' arsa Pat agus dhún sí an doras.

Agus ar bhealach *thuig* siad ar fad.

Thuig Kay agus Bobby gur mhó an grá a bhí acu ar a chéile ná a d'admhaigh ceachtar acu.

Thuig Jo go bhféadfadh a deirfiúr
Pat bheith ina cara maith chun dul
amach ag damhsa léi.

Agus thuig Derek Doyle agus Nan
Ryan go leor rudaí.

Thuig siad ar dtús gur cheart do
Dherek Uimhir a Dó Dhéag a
cheannach.

Agus thuig siad go dtógfadh seisean
agus Mike agus Shay áirse mór idir an
dá sheomra suite, ionas go mbeadh
teach an-ghalánta ag Nan agus Derek
eatarthu.

Agus bhí a fhios acu go rachadh
Nan agus Derek ag taisteal lena chéile,
agus go ndéanfaidís míreanna mearaí.

Agus chinnteoidís go mbeadh an
teach ina raibh na Whites ina gcónaí
ina bhaile sona agus go rachadh an
t-airgead ceart chuig an gcarthanacht
ionas go raibh fáth leis an méid a rinne
siad cois locha.

Ní raibh sé seo ar fad ar eolas acu láithreach.

Ach bhí go leor de ar eolas acu.